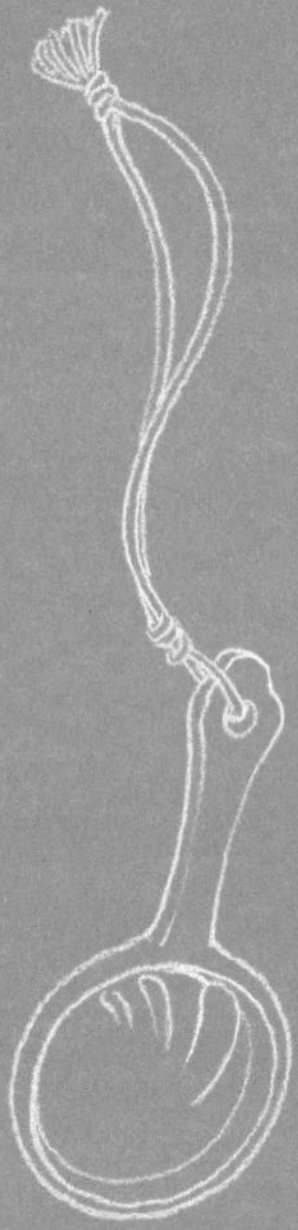

ゆうきメガネ

赤羽じゅんこ・作●岡本　順・絵

あめの　ひるやすみ。
ゆうやは、なわとびを　かえしに、
どうぐしつに　むかった。
どうぐしつは、ほけんしつの　まえの
ちいさな　へや。いろんな　ボール《ぼうる》や
なわとびが、おいてある。
ゆうやが　はいると、なわとびの　はこが
だしっぱなしに　なっていた。
「だめじゃん。ちゃんと　かたづけなきゃ。」

ゆうやは、なわとびの
はこを　もちあげて、たなを　みた。

「あれ？」

たなの　おくの　かべに、らくがきが

ある。にんじゃの　えだ。

まえにも、ここに、らくがきが　あった。

それが、おんなの　にんじゃ『くるみまる』

と　なって、あらわれたんだ。

「また、でてくるのかな。」

じっと　みつめていると、らくがきから、

もくもくと　けむりが　あがった。

そして、

ボン《ぼん》！

はじける　おととともに、くもに　のった

ちいさな　にんじゃが　あらわれた。

「はーい。きみが、ゆうやね。」

にんじゃは、ゆうやに　わらいかけてきた。

ゆうやは、びっくり。

「ぼ、ぼくのこと、しってるの？」

「きみのこと、まっていたんだ。あたいは、
にんじゃの『ゆいまる』。くるみまるの
ボーイフレンド《ぼういふれんど》よ。」

ゆいまるは、するすると ずきんを とった。
すずしげな めもと。すっと とおった
はなすじ。アイドル《あいどる》みたいに ハンサム《はんさむ》。
でも、はなしかたや かみを かきあげる
しぐさは、なんだか なよなよしている。

ゆうやは、めを　ぱちくりさせた。

「ゆいまるって、くるみまるが　あこがれていた　にんじゃの　ゆいまる？」

「そうよ。くるみまるは　しっかりもので、えがおが　かわいくて、すてきな　にんじゃ。こんど、プロポーズ《ぷろぽうず》しようと　おもっているけど、一《ひと》つ、もんだいが　あってね。」

ゆいまるは、からだを　くねくねさせながら、おんなことばで　いう。

「もんだいって？」

ゆうやは、まばたきして　きいた。

「くるみまるに　プロポーズ《ぷろぽうず》するには、
くるみまるの　ちちおや、『ひげまる
にんじゃ』に、あいさつに　いかなきゃ
ならないの。この　ちちおや、おっかないの。
ゴリラ《ごりら》と、なまずを　あわせたような
かおを　していて、とても　きびしいのよ。」
「うそっ。」
ゆうやは、あたまの　なかで、ゴリラ《ごりら》と
なまずを　あわせてみた。

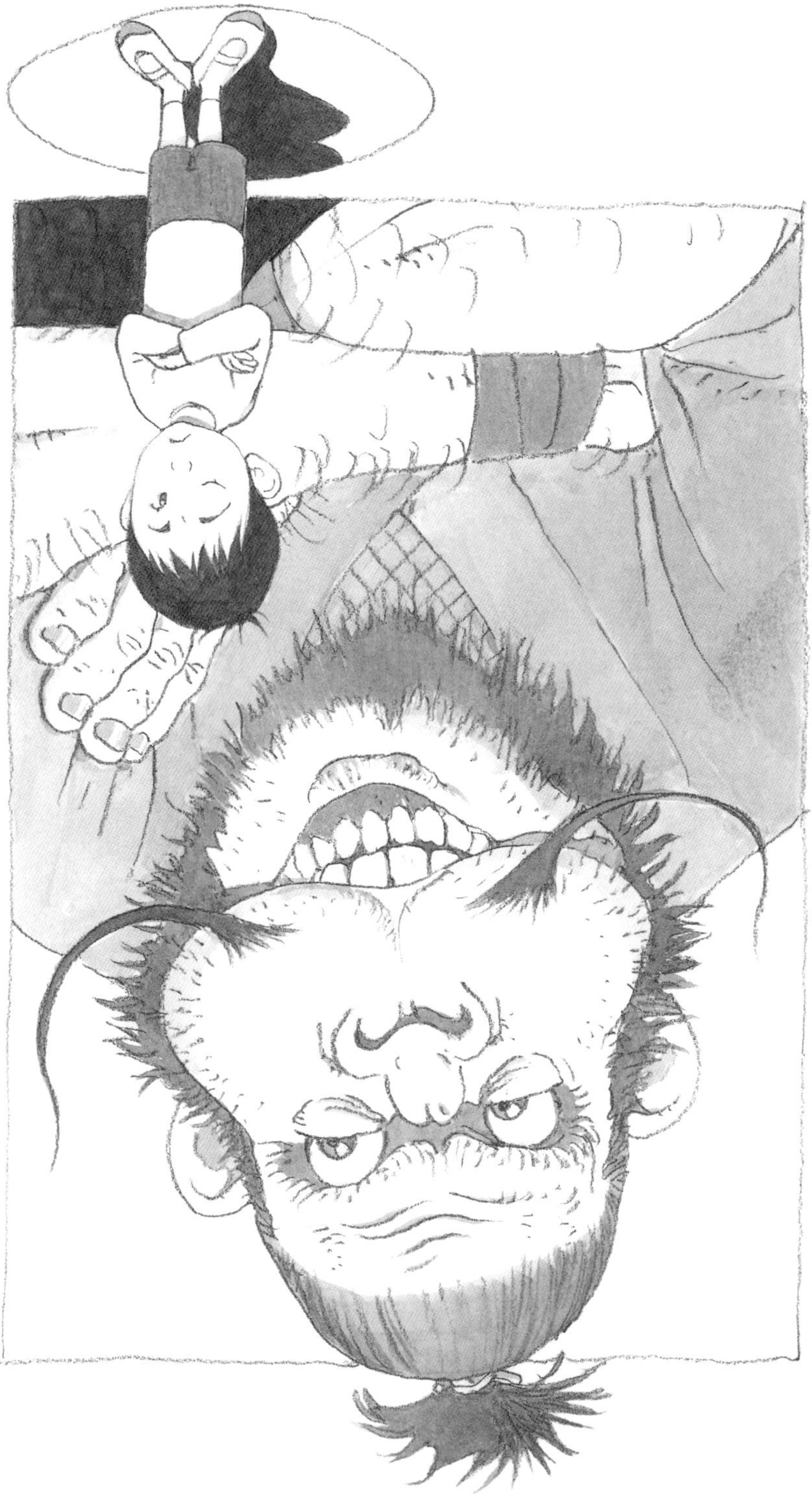

どう　あわせても、へんな　かおにしか
ならない。
「その　こわーい　ひげまるにんじゃに、
どうどうと　あって、プロポーズ《ぷろぽうず》を
みとめてもらうために、あたいは、
『ゆうき』を　あつめに　きたんだ。
ゆうや、てつだってくれるわね。」
「ゆうきを?」
ゆうやは、きょとんと　した。

「あら、しらないの？」

ゆいまるは、かおを　しかめると、ふところから、まきものを　とりだし、するすると　ひろげた。

「ゆうきって　いうのはね。ええと、こわいものや、こまったことに　たちむかう、つよい　きもちの　ことよ。この『スーパー《すうぱあ》にんじゃじてん』に　ちゃんとかいてあるわ。」

ゆいまるは、 まきものを よみあげた。

「ぼくだって、ゆうきくらい、しってるよ。でも、どうやって　あつめるのかなって　おもっただけだよ。」

「それだったら、だいじょうぶ。らくがきにんじゃに　つたわる、ひみつの　どうぐが　あるから。ほら、これ。」

ゆいまるは、ふところから、むしメガネ《めがね》と　ひょうたんを　とりだして、ゆうやの　てのひらの　うえに　おいた。

「うわっ！」

ちいさかった　むしメガネ《めがね》と　ひょうたんが、てのひらの　うえで、おおきくなった。

「その『ゆうきメガネ《めがね》』で、ひとの　むねのあたりを　みると、ゆうきが　ひかって　みえるのよ。あとは、ひょうたんを　むけて、『はいれ。』って　いえば　いいの。」

ゆいまるは、かんたんそうに　いう。

「それを、ぼくが　やるの？」

「そうよ。ほかに　いないもの。おねがい。」

ゆいまるが、ながい　まつげの　めで、
プチン《ぷちん》と　ウィンク《うぃんく》する。
ゆうやは、ちょっと　かんがえた。
「ゆいまるが、やれば　いいじゃないか。
きみの　さがしものだもん。」
「それは　だめ。あたいには、ちがう
やくわりが　あるから。おどかしやくよ。」
「おどかしやく？」
おかしな　ことばが、とびだしてきた。

「そう。ゆうきはね、ふだんは、こころの
おくそこに かくれて、みえないの。こわい
こととか、のりこえなきゃ いけないことが
おこったときに あらわれるの。だから、
そのこわいことを、あたいが おこすのよ。」
「わかった。ゆいまるは、にんじゅつで
おどかすんだね。おばけに ばけるん
でしょ?」
ゆうやは、てを たたいた。

「おしい。ちょっぴり　ちがう。」

ゆいまるは、まゆげを　くいっと　あげた。
「あたいが　ばけるのは……、みてて。」
ゆいまるは、まじめな　かおに　なり、
ゆびを　むねの　まえで　くんで、いった。
『りん　びょう　とう　しゃ　かい
じん……。にんじゃむし。とわ――っ！』
ゆいまるの　からだから、けむりが
もくもく　たちあがり、たちまち　からだも
みえなくなる。

「けむいよ〜。
ゆいまる。どこ?」

ゆうやは、めを　こすった。

すると、おくの　たなの　うえから、
こえが　した。

「ここよ。どう？」

「ええっ！」

ゆうやは、めを　むいた。

それから、ぷっと　ふきだした。

みたことも　ない、すごく　へんてこな
むしが、そこに　いた。

「あたいが　かんがえた　にんじゃむしよ。
つよい　むしを　いろいろ　あわせたんだ。
この　すがたで、おどかせば、みんな、
あっと　こわがること　まちがい　なし。」
にんじゃむしに　なった　ゆいまるが、
かまを　ふりあげる。
「こわがるかな？」
ゆうやは、くびを　ひねった。こわいと
いうより、へんてこ。

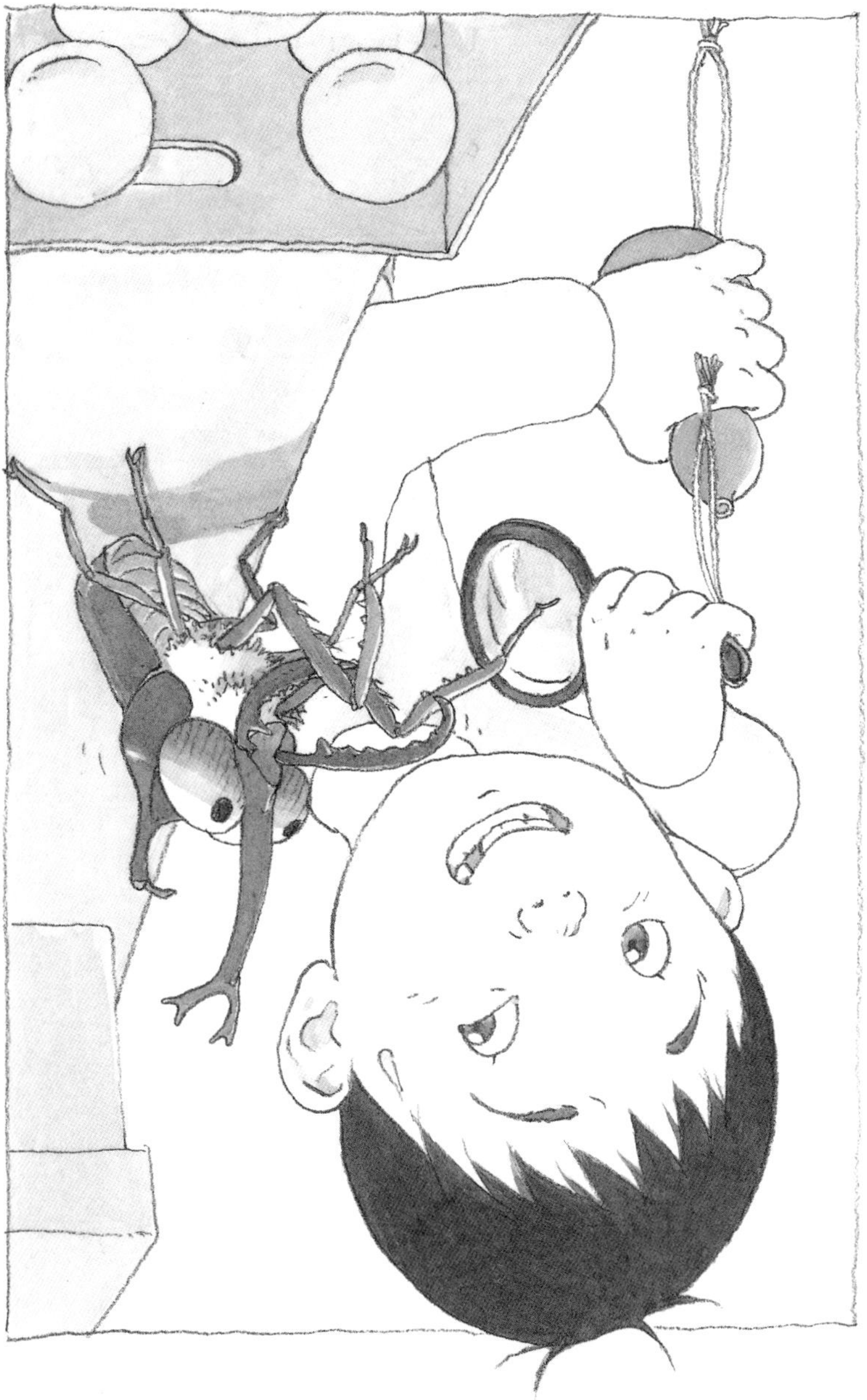

よくばりすぎの　かんじが　する。
でも、ゆいまるは　おおとくい。
「あたいって、かわったことを　するのが、
だいすきなの。さっ、ゆうや、そろそろ
いきましょ。この　『へんげのじゅつ』は、
ながく　もたないから、いそがなきゃ。」
ゆいまるは、「おいで。」と　つのを
ふりまわし、はねを　ひろげて　とびたった。

にんじゃむしの　ゆいまるが、むかった
のは、一《いち》ねん　二《に》くみ。ゆうやの　クラス《くらす》だ。
あめのひなので、ほとんどの　こが、
きょうしつに　いた。
「いい？　きれいに　ひかる　ゆうきを
あつめてね。どの　こに、ゆうきが
あると　おもう？」
いりぐちで、ゆいまるが　きく。
「うーん。かいとくんかな。じぶんは

つよいって、いつも　いばってるから。」

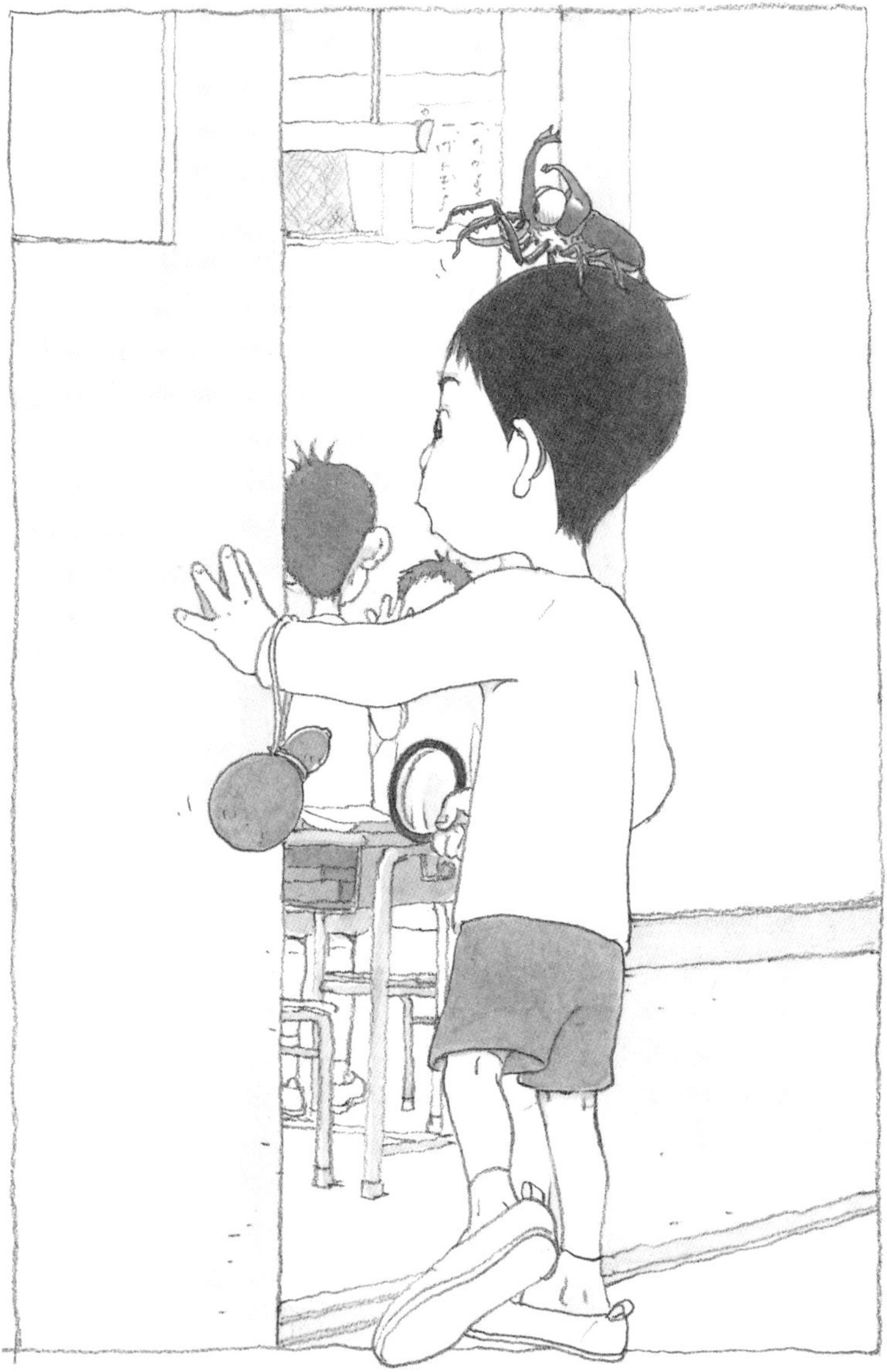

ゆうやは、こっそり　ゆびさした。

「あの　おおきな　これ。わかった。

　いくわよ。」

　にんじゃむしは、おおきく　はねを
ひろげて、きょうしつへ　とびこんでいった。

「わあっ、なんだ。

　あの　むし？」

「へんなの。」

「しんしゅの　むしだぞ。」

「おばけみたい、
おばけむしだ。」

にんじゃむしの　しゅつげんに、みんな
びっくり。さわぎはじめた。
ゆうやが、ゆうきメガネ《めがね》と　ひょうたんを
もってることに、だれも　きがつかない。
「どけよ。おれが　つかまえる。」
かいとくんが、たちあがった。
じぶんの　ぼうしを　ふりまわして、
にんじゃむしを　おいかけはじめる。
「こら、まて。とまれ！」

かいとくんは、こえを　あげて　おうけど、
にんじゃむしも　すばやい。
もうすこしと　いうところまで
ひきつけておいて、さっと　にげる。
かんたんに　つかまらない。
でも、かいとくんも、ひっしに　ともだち
を　おしのけ、つくえを　たおしながら、
にんじゃむしを　おいかける。

「あぶない！　にげろ。」

ゆうやは、いきを　のんだ。

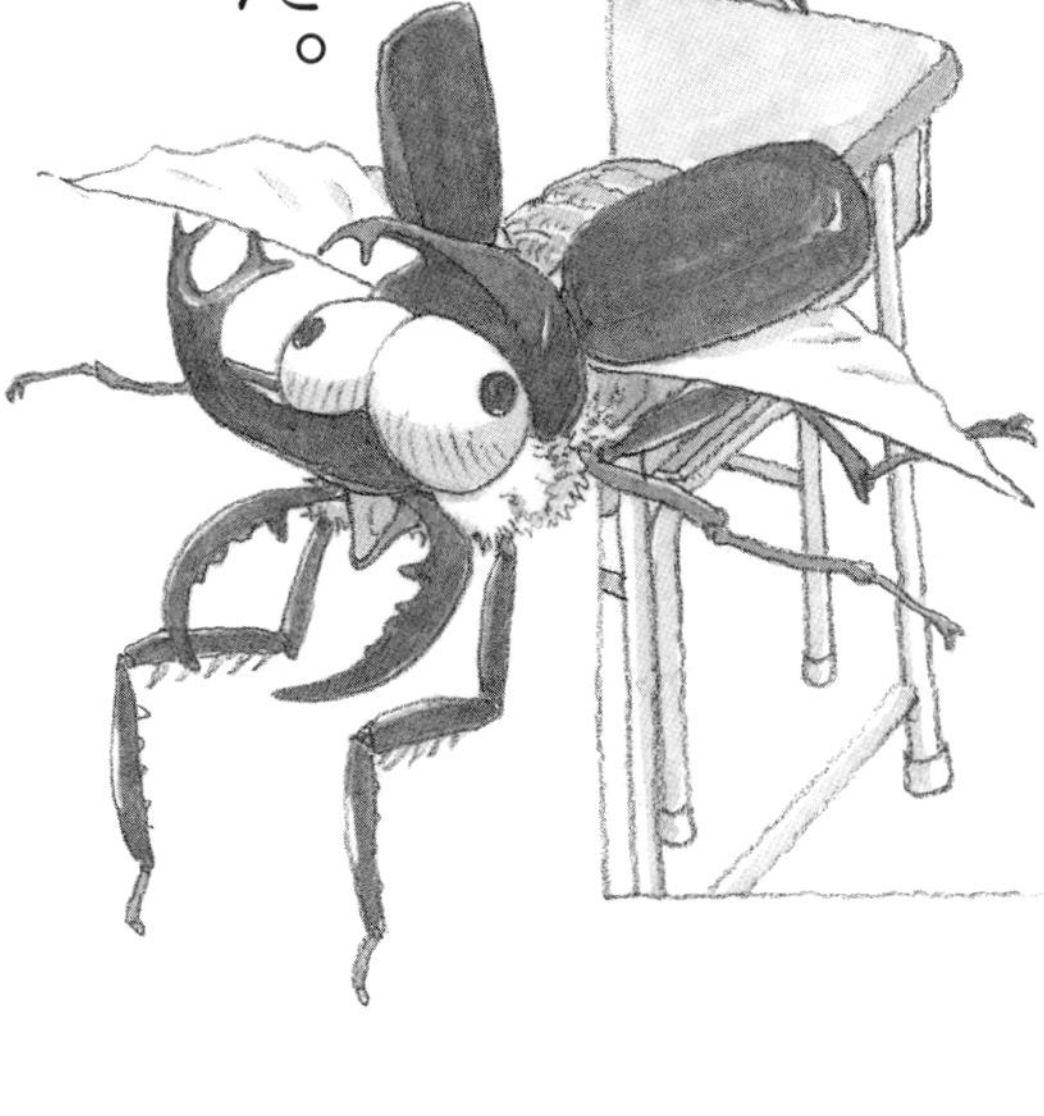

こくばんの　ところで、にんじゃむしが
つかまりそうに　なってる。
でも、そこから、にんじゃむしの
はんげきが　はじまった。
つのを　もちあげ、おおきな　かまを
ふりあげ、かいとくんに　むかっていった。
「わあ、やめろ～。」
かいとくんは、あたまを　かかえて
にげだし、ともだちの　かげに

しゃがみこんだ。

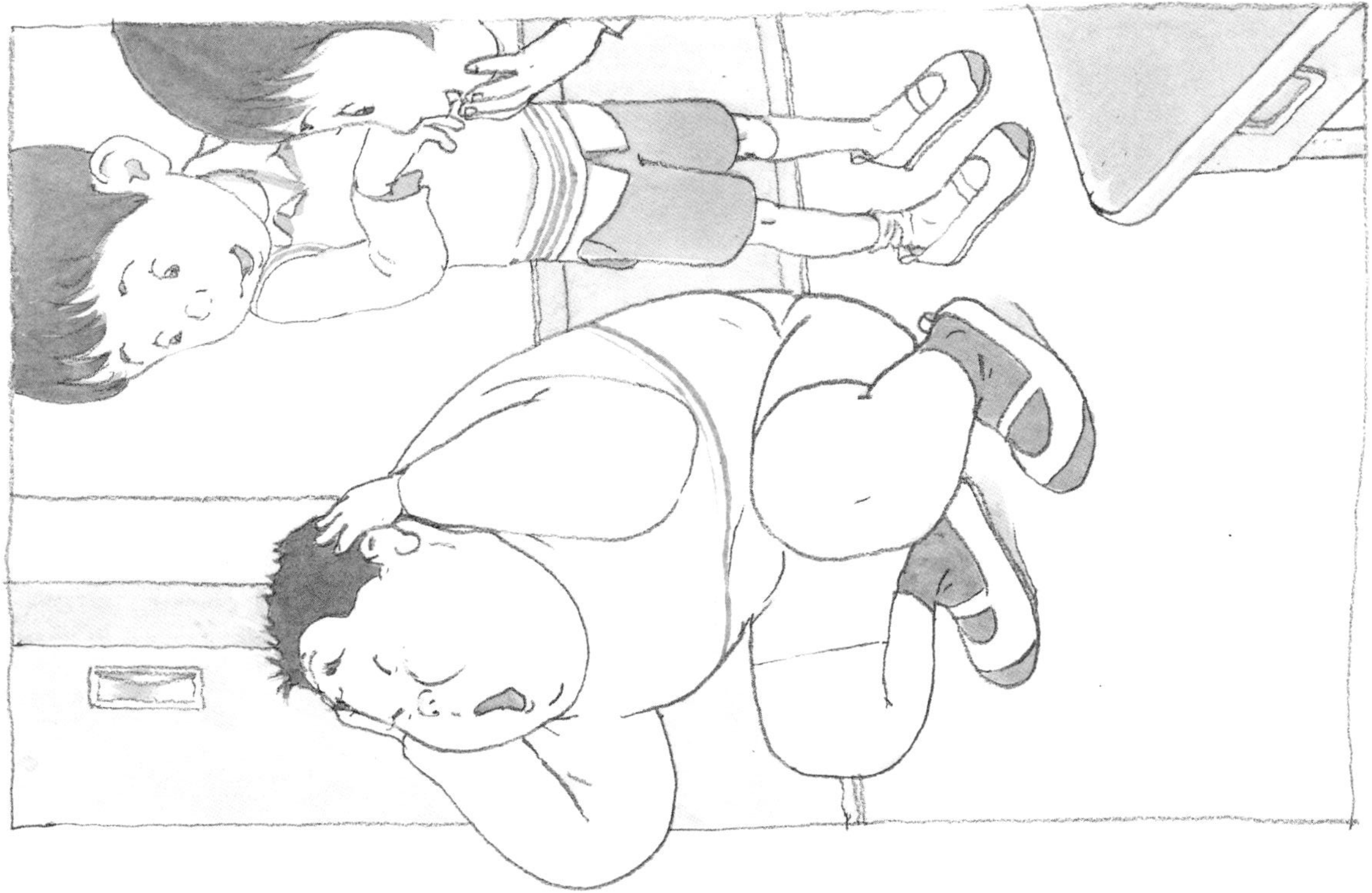

（なんだ。ゆうきが　ないじゃん。）
『ゆうきメガネ《めがね》』で　かいとくんを　みていた　ゆうやは、がっかり。
すこしも　ひかって　みえない。
どうも、ゆうきと　げんきは、ちがうみたい。
つよそうに　いばっていても、ゆうきが　あるわけでは　ないのだ。
かいとくんを　おどかした　にんじゃむしは、ほかの　こも、おいかけだした。

「きゃー。たすけてー。」

みんなが、こえを　あげて、きょうしつじゅうを　にげまわる。つかまえようとむかっていっても、にんじゃむしが、むかってくると、こわくて　にげてしまう。

きょうしつは、もう、すごい　おおさわぎ。

そんな　きょうしつの　すみで、ゆうやはひとり　こまっていた。

（どうしよう。ちっとも　ゆうきがみえないよ。）

ゆうきメガネ《めがね》で、いろんな　この　むねを
みてるのに、ぜんぜん　ひからない。

（ゆうきを　とるのって、むずかしいな。）
ゆうやは、くちを　とがらせた、そのときだ。
ビューン《びゅうん》！
にんじゃむしに　むかって、ビニールボール《びにいるぼうる》
が、とんでいった。
なんにんかで、ボール《ぼうる》を　なげつけている。
はなれて、つかまえる　さくせんだ。
にんじゃむしは、ひょい、ひょいと、
すばやく　みを　かわしていた。

でも、じかんが　たつと、ふらふら
してきた。ゆうやは、はらはらだ。
（あちゃ。つかれてるよ。）
バシン《ばしん》！
とうとう、ボール《ぼうる》が、
にんじゃむしに
めいちゅう。
「クウェー《くうえい》。」
へんな　なきごえを　あげ、

にんじゃむしは、
きょうしつの すみっこへ。

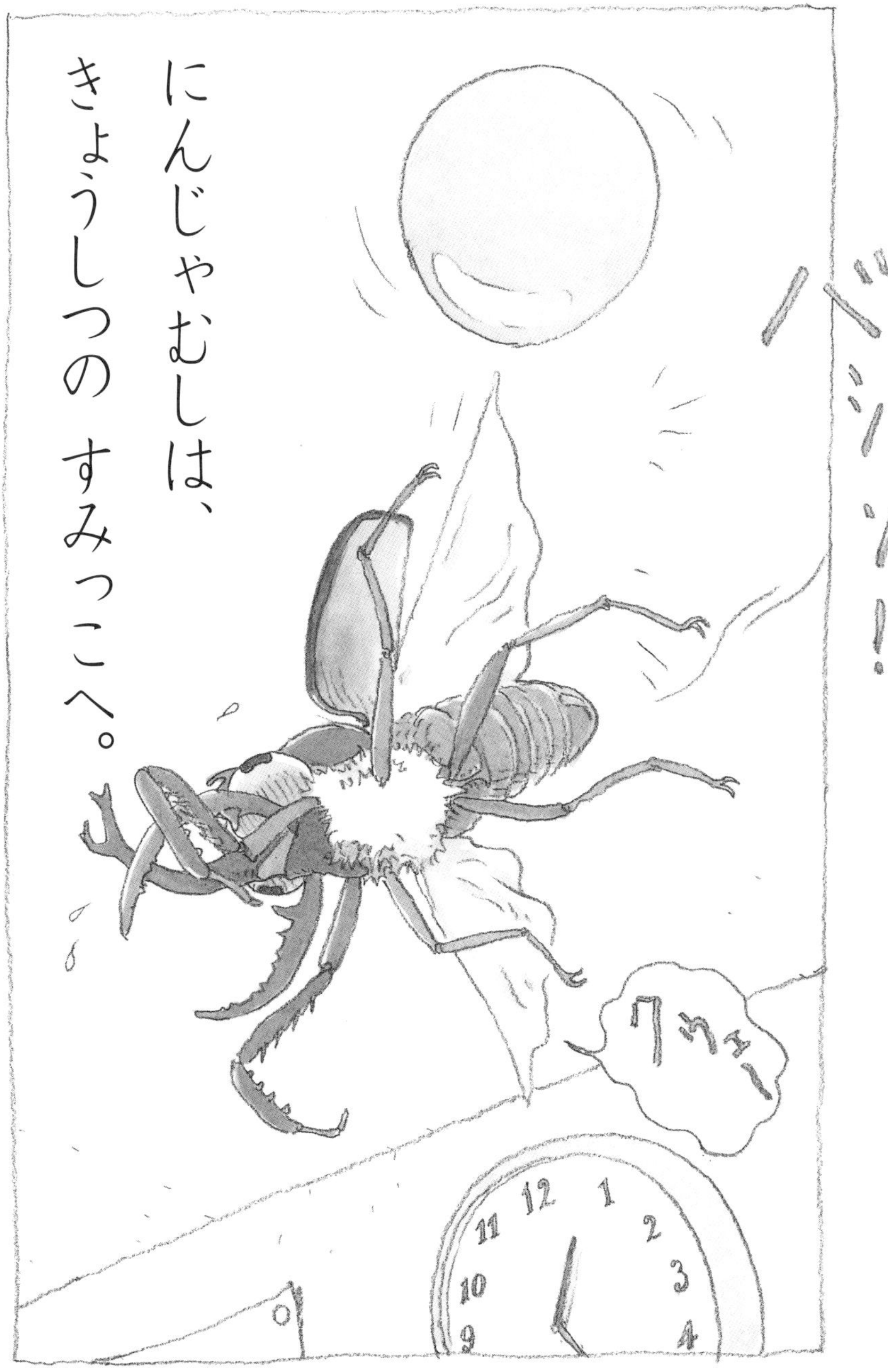

そこに　ぐうぜん　いたのが、みきちゃん。
せんせいに　さされても　こたえられない、
おとなしい　おんなのこだ。
「むしさん。」
みきちゃんが、りょうてを　ひろげて、
おちてきた　にんじゃむしを　うけとめた。

「みきが　とった。」

「おれに　くれー。」

「ずるいぞ。おまえ　どけ。」

おおぜいが、みきちゃんの
まわりに　どっと　おしかけた。

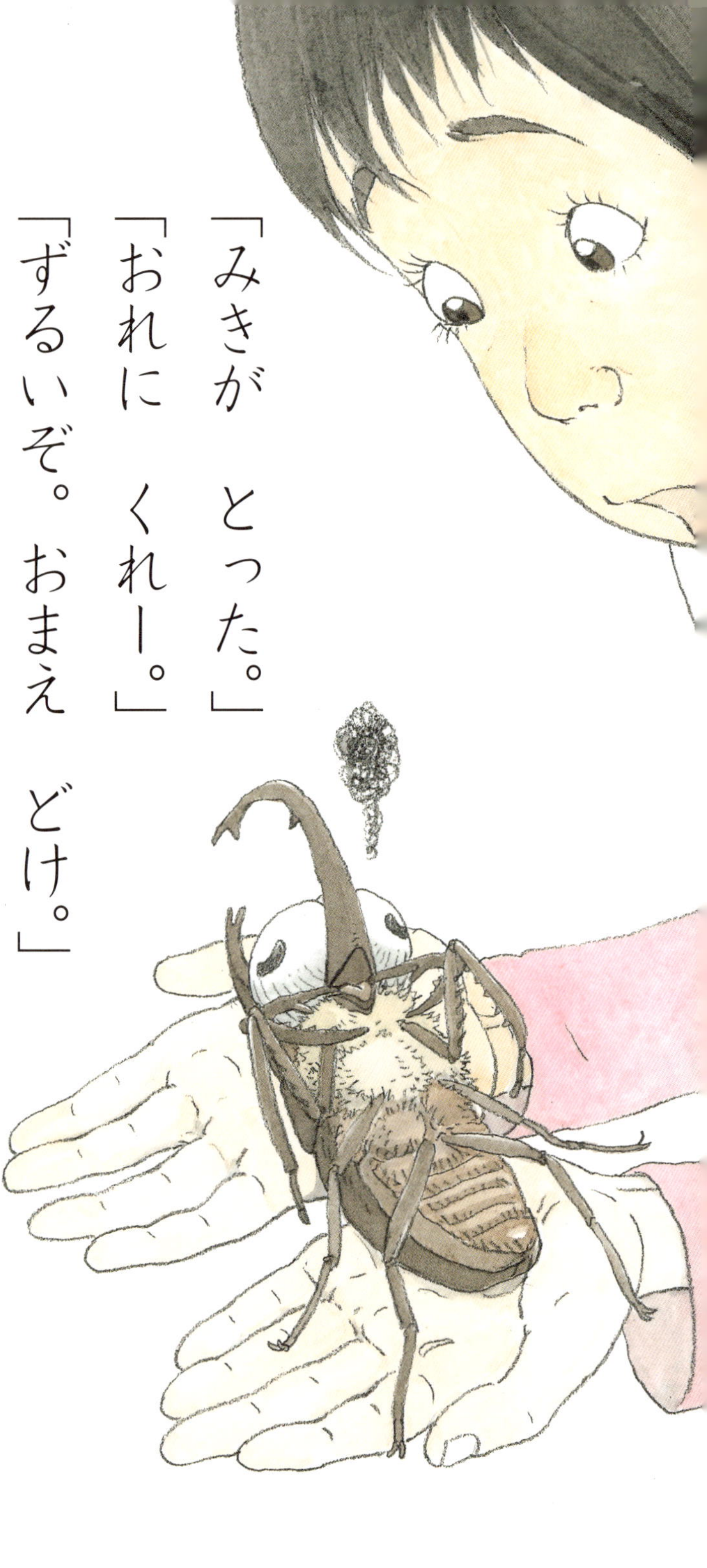

ともだちを　おしのけるように、まえに
でる　こも　いる。
　みきちゃんは、おびえて　からだを
すくめていた。でも、せいいっぱい
こえを　しぼりだした。
「だめ。むしさんが　かわいそう。」
　そして、にんじゃむしを　せなかに
かくしたんだ。
　みんなが　おどろいた。

いつも　おとなしい　みきちゃんが
さからうなんて、だれも　おもって
なかったから。

「なんだよ。みき！　かせよ。」

かいとくんが、まえに　でて、せまった。

めが　こわそうに　つりあがってる。

「そうだ。そうだ。ぼくたちが、おいかけてたんだぞ。」

ほかの　こも、みきちゃんを　にらんでる。

みきちゃんの　かおは、まっかだった。

くちびるも　ふるえてる。

それでも、きっぱり　くびを　ふった。
「だめ。みんな　らんぼうだから、だめ。
むしさん、こわがってるもの。」
みきちゃんは、さっと　みを　ひるがえすと、こうていのほうに　かけよった。
そして、まどを　あけ、にんじゃむしを
そらに　ふわりと　ほうりなげてしまった。
「むしさん、はやく　にげて。」
にんじゃむしは、あめの　あがった

そらに　むかって、とびたった。

だれもが、めを　みはった。
「あーあ。にがしちゃった。」
ざんねんそうな　こえが、あがる。
「ごめんね。でも、むしさん、あんなに
よろこんでる。だから、ゆるして。」
みきちゃんが、げんきに　とびまわる
にんじゃむしを　ゆびさして、ふわっと
やさしく　わらった。

その　かおを　みたら、みんな、
なんだか　おこれなく　なってしまった。

「あんなに　とんで、うれしそうだもんな。」
かいとくんまで、しかたないと、
にんじゃむしに　てを　ふっている。
（これ、これ、これだ！）
ゆうやは、こうふんして
なんども　まばたきした。
ゆうきメガネ《めがね》で　みきちゃんを
みてみたら、きらりとした　ひかりが
みえたからだ。

「はいれ！」
ゆうやは、ひょうたんを　みきちゃんに
むけ、こえを　かけた。
　ころん！
　ここちよい　おとと
ともに、ひょうたんが　ゆれた。
（やったぞ。とうとう　とれた！）
ゆうやは、うれしくて、ぎゅっと
ひょうたんを　にぎりしめた。

ゆうやは、ひょうたんを　もって、
どうぐしつに　いそいだ。
しばらくすると、まどから　ゆいまるが
もどってきた。
もとの　にんじゃの　すがたに　もどって、
くもに　のっている。
「ゆいまる、だいじょうぶ？　ボール《ぼうる》、
あたって、いたくなかった？」
ゆうやは、かけよった。

「へいきよ。これでも　しゅぎょうを
つんだ　にんじゃだもの。ゆうやは
どう？　とれた？」

「とれたよ。みて、みて。」
ゆいまるの てのひらの うえで、
ゆうやは、ひょうたんを さかさまにした。
ころん！
ビー《びい》だまみたいな、つるんとした
たまが、ころがりでた。

「うわっ、きれいね。」
あさつゆみたいに　とうめいで、
すみきっていて、ガラス《がらす》だまみたいだ。

はでには　ひからないけど、ふしぎな
みりょくが　ある。ゆうやが、
「みきちゃんから、この　ゆうきを　もらった。」
と　いうと、ゆいまるは、うなずいた。
「あたいを　たすけてくれた　あの　この
ゆうきね。やさしい　きもちから、うまれた
から、こんなに　すみきってるのね。」
ゆいまるが　ころがすと、ゆうきの
たまは、きらきらと　かがやいた。

「ぼく、みきちゃんに、こんな　ゆうきが
あるなんて、おもっても　みなかったよ。」

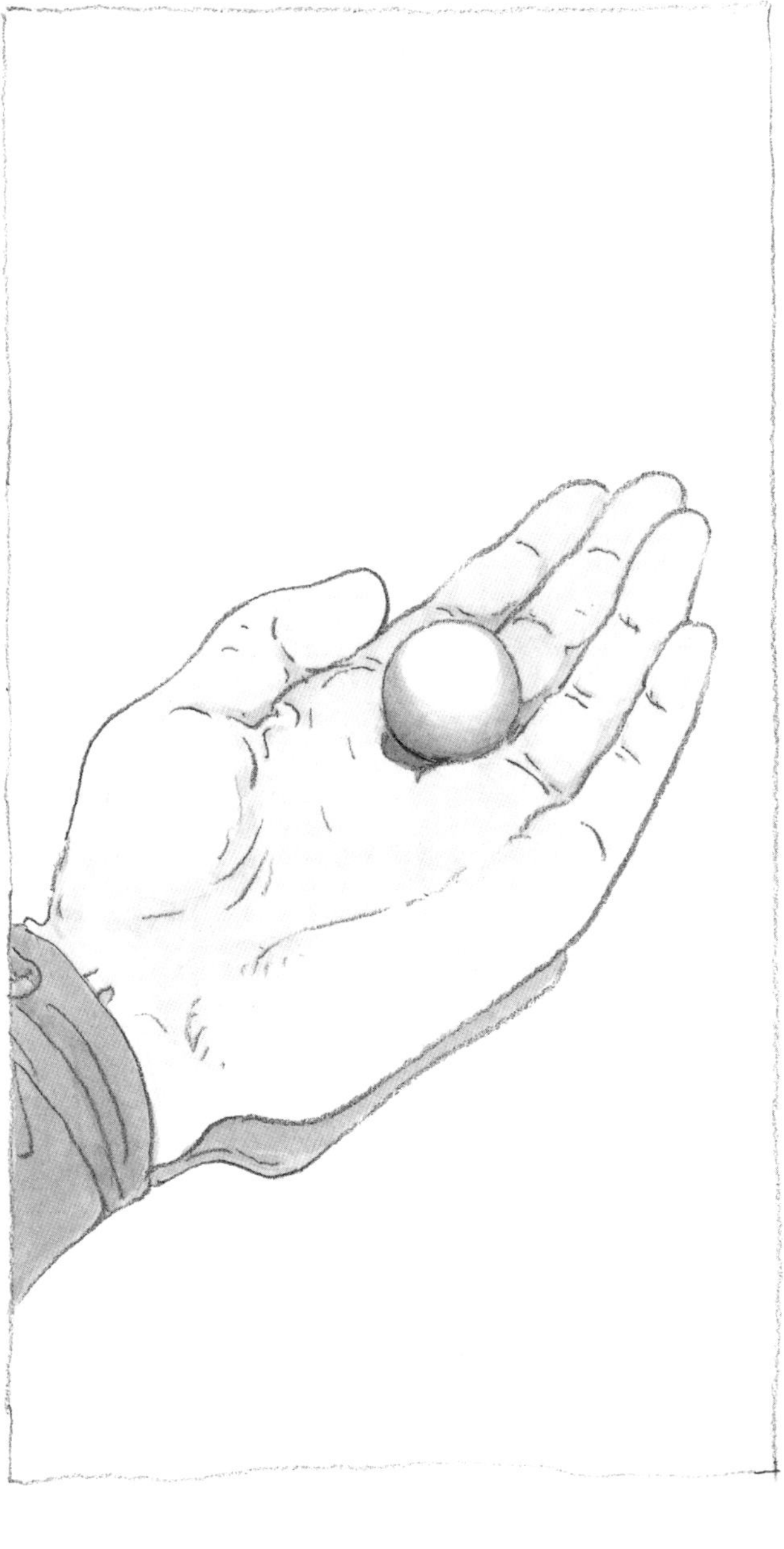

ゆうきって、てきを　たおしたり、てきに
むかっていったりするときの　ものだって、
おもっていたからだ。
「ふふふふ。ゆうきにも、いろいろ　あるのよ。
でも、この　ゆうきは、あたいの　きぼう
に　ぴったり。ゆうや、ありがとう。」
ゆいまるは、にっこり　わらうと、
ゆうきを　つまみあげた。

そして、ごくん、ひといきで　のみこんだ。

「うーん。おなかの　なかから、ゆうきが
じわじわって　わいてくる。こうしちゃ
いられない。あたい、いますぐ、
ひげまるにんじゃに　あってくる！」
ゆいまるは、いそいで　ゆうきメガネ《めがね》や、
ひょうたんを　しまいこんだ。
そして、ゆうやに　あたまを　さげると、
まどから、とびでていった。
それは、もう、すごい　スピード《すぴいど》で。

「さよなら。プロポーズ《ぷろぽうず》、がんばってね。」
ゆうやは、てを　ふって　みおくった。
あんなに　いそぐほど、やるきが
でるのだから、ゆうきって、すごい。
ゆいまるの　すがたが　みえなくなると、
ちょうど、チャイム《ちゃいむ》が　なった。
「やさしい　ゆうきか……。」
ゆうやは、じぶんの　むねを　ちらっと
みた。それから、げんきに　かけだした。

みんなの　まっている　きょうしつへ。

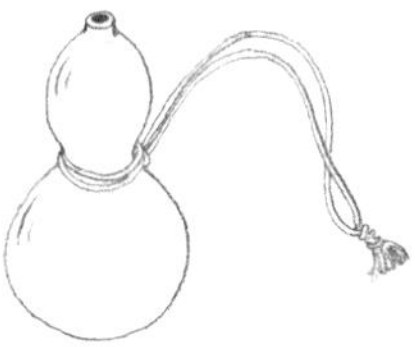

◆この本の作者

赤羽じゅんこ（あかはねじゅんこ）

一九五八年、東京に生まれる。同人誌「ももたろう」に発表した「おとなりは魔女」で、新・北陸文学賞受賞。

作品に『おとなりは魔女』『より道はふしぎのはじまり』『メールの中のあいつ』『にげだしたはりっこ人形』『ドキドキ！おともだちビデオ』（以上文研出版）『0点虫が飛び出した！』『ごきげんぶくろ』『わらいボール』（以上あかね書房）などがある。「ももたろう」同人。東京都在住。

◆この本の画家

岡本　順（おかもとじゅん）

一九六二年、愛知県に生まれる。児童書のさし絵や絵本の仕事で活躍。

作品に『ぼくのたからもの』『ふしぎなあの子』『ざしきわらし一郎太の修学旅行』『なぞのパスワード1098』『花ざかりの家の魔女』（以上あかね書房）『きつね三吉』（偕成社）『ボク、ただいまレンタル中』『つくも神』（以上ポプラ社）『コロッケ天使』『歩きだす夏』（以上学習研究社）など多数がある。神奈川県在住。

●わくわく幼年どうわ・26
ゆうきメガネ
二〇〇八年十月　初　版
二〇一一年六月　第二刷
作　者　**赤羽じゅんこ**
画　家　**岡本　順**
発行者　**岡本雅晴**
発行所　株式会社　あかね書房
　東京都千代田区西神田３-２-１
　電話　営業部０３-３２６３-０６４１
　　　　出版部０３-３２６３-０６４４
　〒１０１-００６５
印刷所　株式会社　精興社
製本所　株式会社　ブックアート
ＮＤＣ９１３／７７Ｐ／２２cm
ISBN978-4-251-04036-7

わくわく　たのしい　どうわだよ！

わくわく幼年どうわ

① どんぐり、あつまれ！
佐藤さとる・作／田中清代・絵

② へんないぬ　パンジー
末吉暁子・作／宮本忠夫・絵

③ ぼくは　ガリガリ
伊東美貴・作絵

④ ぶなぶなもりの　くまばあば
高橋たまき・作／藤田ひおこ・絵

⑤ ごきげん　こだぬきくん
渡辺有一・作絵

⑥ もりの　なかよし
つちだよしはる・作絵

⑦ すてきな　のはらの　けっこんしき
堀　直子・作／100％ORANGE・絵

⑧ うさぎの　セーター
茂市久美子・作／新野めぐみ・絵

⑨ クッキーの　おうさま
竹下文子・作／いちかわなつこ・絵

⑩ いつも　なかよし
つちだよしはる・作絵

⑪ ぶなぶなもりで　あまやどり
高橋たまき・作／藤田ひおこ・絵

⑫ のうさぎミミオ
舟崎克彦・作絵

⑬ みんな　みんな　なかよし
つちだよしはる・作絵

⑭ クッキーの　おうさま　そらをとぶ
竹下文子・作／いちかわなつこ・絵

⑮ ごきげんぶくろ
赤羽じゅんこ・作／岡本　順・絵

⑯ おかあさんに　おみやげ
つちだよしはる・作絵

⑰ おみやげは　きょうりゅう
つちだよしはる・作絵

⑱ クッキーの　おうさま　えんそくにいく
竹下文子・作／いちかわなつこ・絵

⑲ おとうさんに　おみやげ
つちだよしはる・作絵

⑳ わらいボール
赤羽じゅんこ・作／岡本　順・絵

㉑ チクチクの　おばけりょこう
舟崎克彦・作絵

㉒ しあわせ おにぎり
つちだよしはる・作絵

㉓ おばけかぼちゃ
たちのけいこ・作絵

㉔ おすしで げんき！
つちだよしはる・作絵

㉕ カレーライス　おかわり！
つちだよしはる・作絵

㉖ ゆうきメガネ
赤羽じゅんこ・作／岡本　順・絵

★以下続刊

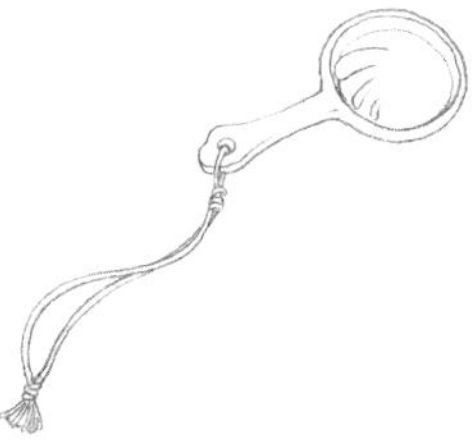

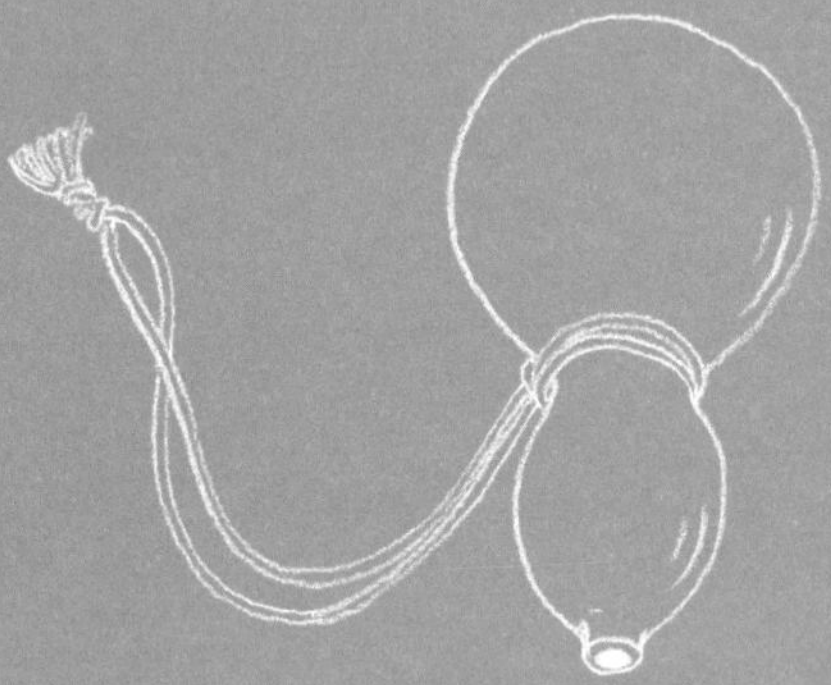